EL HIJO PRÓDIGO

José de Valdivielso

EL PADRE DEL PRÓDIGO
LA JUVENTUD
EL PRÓDIGO
LA INSPIRACIÓN
LABRICIO
EL PLACER
EL OLVIDO
LASCIVIA
MÚSICOS
JUSTINO
CHAPARRO
DEMONIO
DOS ÁNGELES

Zaguán de una casa.

(Salen EL PADRE del PRÓDIGO, galán; LA JUVENTUD, de loco; LA INSPIRACIÓN sale con ellos.)

PADRE   Hijo, toma tu porción;
     que negártela no puedo.
               (Dale EL PADRE una bolsa.)
PRÓDIGO   Alegre con ella quedo.
PADRE   Con él parte, Inspiración;
     que recelo que, en su daño,
     su juventud necia y flaca
     de entre estos brazos le saca
     para el reino del engaño.
JUVENTUD   (Al PRÓDIGO.) Ven con tus galas costosas,
     siervos, caballos, vestidos,
     a pisar prados floridos
     y a coronarte de rosas.
PRÓDIGO   Con el tiempo me alboroto,

que florece en mí el verano.
Voyme a romper.
PADRE   Tú vas sano,
y tienes de volver roto.
En el abril de tus días,
cuando tu apetito ciego
te hace guerra a sangre y fuego
con lisonjeras porfías,
¿dejas el puerto seguro
por la borrasca del mar?
¿Vas desnudo a pelear,
pudiendo estarte en el muro?
PRÓDIGO   Padre, vuestra diligencia
es por demás; yo me alejo.
PADRE   Hijo, a tu albedrío te dejo,
que no he de hacerte violencia.
PRÓDIGO   Adiós.
PADRE   Pues, ¿quién va contigo?
PRÓDIGO   El gusto y curiosidad,
el deseo y libertad,
y el oro, que es lindo amigo;
ninguno hay que más importe,
porque es mi llave maestra
del gusto un perro de muestra
y una guía de la corte.
Pasa el mar, el monte allana,
violenta la más esquiva,
honestidades derriba
y fuerzas rebeldes gana.
Con el oro me acomodo,
porque es amigo de ley;
llevo en mi servicio un rey,
porque el oro es rey de todo.
PADRE   Ese metal engañoso
en tus manos vendrá a ser
belleza en fácil mujer
y espada en hombre furioso.
Piensas que te ha de vestir,
y es quien te ha de desnudar;
sin él pudieras mandar,

con él vas a servir.
Piensas que todo te sobre
con él, y yo certifico
que sin él vivieras rico
y que con él vivas pobre.
PRÓDIGO   Padre, adiós; abrázame.
JUVENTUD   Pródigo, vamos de aquí.
PADRE   Aunque te apartes de mí,
de ti no me apartaré.
JUVENTUD   ¡Qué esperan nuestras comadres
con hechiceros placeres!
PADRE   Haz como hijo de quien eres,
pues lo eres de buenos padres.
Busca buenas compañías
y mira por la virtud.
PRÓDIGO   Vamos, verde juventud,
a gozar tus lozanías.
PADRE   ¿De entre estos brazos te vas?
PRÓDIGO   Donde mi gusto me espera.
PADRE   Hallarás quien bien te quiera,
mas no quien te quiera más.
Inspiración, no le dejes.
INSPIRACIÓN   No haré.
JUVENTUD   Pues que te destierras,
vámonos a lueñes tierras,
que es bien que desta te alejes.
PADRE   (Aparte.) ¿De ir camino te resuelves?
Pues sembraréle de espinas,
que volveré clavellinas
si aquestos brazos te vuelves.
Y aunque en caballo ligero
vas al Deleite a buscar,
teme que he de derribar
al caballo y caballero.
JUVENTUD   Despídete.
PRÓDIGO   Padre, adiós.
PADRE   Hijo, adiós, y témele,
mira que todo lo ve
y castiga como Dios.
          (Abrázanse y vase EL PADRE.)

PRÓDIGO   Juventud, dame el caballo
      del Amor.
JUVENTUD   ¿El Gavilán?
PRÓDIGO   Sí,
JUVENTUD   Puesto en él te dirán:
      no hay hombre cuerdo a caballo.
PRÓDIGO   La Vanagloria me ensilla.
JUVENTUD   Despeñarte es muy posible.
PRÓDIGO   Ensíllame el Irascible.
JUVENTUD   Nunca aquese sufrió silla.
PRÓDIGO   Ensilla el Deleite. ¡Hola!
JUVENTUD   Corre bien, pero mal para,
      que si tiene buena cara,
      nunca tuvo buena cola.
      Encima el caballo ponte
      del Deseo.
PRÓDIGO   ¡Lindo paso!
JUVENTUD   En sus alas es Pegaso,
      y tú en él, Belerofonte.
INSPIRACIÓN   Pródigo, de Dios te acuerda;
      mira que a peligro estás.
PRÓDIGO   Juventud, ¿de loco vas?
JUVENTUD   ¿Qué juventud hubo cuerda?
                (Vanse.)

      Vista exterior de la casa del PLACER, con, jardines delante.
      (Sale EL PLACER de galán, y EL OLVIDO de villano, dentro.)

PLACER   ¡Olvido de Dios! ¡Olvido!
      ¡Hola, Olvido! A esotra puerta.
      ¡Olvido de Dios, despierta!
      Mal despierta un bien dormido.
      ¡Hola, Olvido!
OLVIDO   (Dentro.) ¡Zapaquí!
PLACER   El Placer soy que te llamo.
OLVIDO   (Dentro.) ¿Vos sois el Placer, nuesamo?
PLACER   Sí.
OLVIDO   (Dentro.) ¿Pues qué se me da a mí?
PLACER   Mira que soy el Placer.
      Ábreme, Olvido.

OLVIDO   (Dentro.) ¡Oh, mal muerto!
     Pues si yo a mi placer duermo,
     no he menester más placer.
PLACER   Levántate.
OLVIDO   (Dentro.) ¡Porfiad!
PLACER   ¿Hasme también olvidado?
OLVIDO   (Dentro.) Placer que es tan porfiado
     cerca está de ser pesar.
PLACER   ¡Bien conmigo te regalas!
               (Sale EL OLVIDO.)
     Buenos días.
OLVIDO   Alegrías,
     ¿para qué son buenos días,
     si nos dais las noches malas?
PLACER   ¿De qué gruñes? ¿Qué te azora?
     ¿De qué es el zuño y la queja?
OLVIDO   De que dormir no nos deja
     siquiera quinientas horas.
PLACER   Vuelve en ti.
OLVIDO   ¿Cómo podré,
     si yo nunca estoy en mí?
PLACER   Pues si tú no estás en ti,
     un mozo haré que en ti esté.
     En ti le he de aposentar.
OLVIDO   ¿Quién es?
PLACER   Es un pisaverde
     que de pródigo se pierde.
OLVIDO   Pues de Dios le haré olvidar.
PLACER   Olvido, de ti me fío.
OLVIDO   Bien puedes, Placer mundano;
     que yo le daré la mano,
     mas para echarle en mi río.
PLACER   En el caballo Deseo,
     que es desbocado y furioso,
     a buscarme viene hermoso
     y tiene de hallarme feo.
OLVIDO   ¿Corre la posta?
PLACER   Sí, advierte;
     Juventud es postillón,
     como el joven Absalón

va por la posta a la muerte.
OLVIDO   ¿Qué haremos?
PLACER   Llamar al juego,
    y harémosle de este loco;
    la Lascivia no hará poco
    con sus lazos y su fuego.
    Llama a la hinchada Ambición,
    que se suba a su cabeza,
    y bríndale la Belleza,
    que él deshará la Razón.
    Llama a la Gula; no harta,
    hará que coma de todo,
    que tras ponerle del lodo...
OLVIDO   Le hará hacer, cócale Marta.
PLACER   Hazle casa de placer,
    que vendrá a ser de pesar
    si sobre él viniere a dar,
    como lo sueles hacer.
    Prevénle un jardín de flores,
    donde este David se pierda;
    una caza nunca cuerda,
    donde cace Esaú dolores.
    Pon mesa a este Baltasar,
    haz a este Sísara cama.
    Trae a este Amón una dama
    y haz a este Nabuco altar.
MÚSICOS   (Saliendo.) Ya viene el galán novel
    loco entre una y otra gala.
OLVIDO   Venga muy en hora mala,
    decid los dos, para él.
PLACER   Con canciones y con danzas
    a recibirle salid;
    no damas, como a David,
    mas quien haga sus mudanzas.

(Corren la posta EL PRÓDIGO y LA JUVENTUD. Salen hombres y mujeres de la casa del PLACER, danzando y cantando. Sale con él LA INSPIRACIÓN. Apéase.)

MÚSICOS   Echad mano a la bolsa,

                    cara de rosa.
           Echad mano a el esquero.
                    El caballero.
           Echad la mano, ¡ah galán!,
           como al árbol la echó Adán,
           que aquí una manzana os dan
           tan bella y tan engañosa,
                    cara de rosa.
PLACER   Vos seáis tan bien venido
           como fuiste deseado.
OLVIDO   Vos seáis tan mal hallado
           como venís bien perdido.
PLACER   Quitadle espuelas y botas
           y dadle aguamanos luego.
INSPIRACIÓN(Aparte.)   ¡Para apagar tanto fuego
           los océanos son gotas!
OLVIDO   Hola, Placer, dadle gusto.
PRÓDIGO   (Aparte, al PLACER.)
           ¿Quién es aquéste?
PLACER   Un chocante.
JUVENTUD   Más manchado que un pedante
           y más frío que un disgusto.
PRÓDIGO   (Al OLVIDO.)   Hola, dime algo de bueno.
OLVIDO   De bueno no puedo yo,
           que todo se me olvidó
           con el asombro de un trueno:
           atronóme de manera
           que, tras ponerme del lodo,
           lo he olvidado todo.
PRÓDIGO   ¿Todo?
OLVIDO   Todo cuanto bueno era.
           Por descartarme del bien
           y buscar vida más ancha
           soy vecino de la Mancha
           y soy quien mancha también.
           Soy un manchego truhán,
           que, aunque con aqueste traje,
           puedo manchar un linaje
           tan grande como el de Adán.
           Para sacarme las manchas

el cielo, con harto enojo,
todo el mundo echó en remojo
y aun hizo a la mar ensanchas.
PRÓDIGO   ¿Duermes bien?
OLVIDO   ¡Oh, pese a San...!
Antes que me despertéis
descostillarme podréis
como a vuestro padre Adán.
Duermo hasta dejarme asir
en las faldas de mi amor;
duermo como un pecador,
que es cuanto puedo dormir.
PRÓDIGO   ¿Comes?
OLVIDO   Como una ballena.
Los hombres vivos me como,
y ollas, alguna con plomo,
y alguna de fuego llena.
Como carneros y vacas
harto mejor que Baal,
y un becerro de metal
hecho de dádivas flacas.
Como ajo, cebolla y puerro,
con estiércol de paloma,
y jamones de Sodoma
con polvos de aquel becerro.
JUVENTUD   Eso a comer no me deis,
que hace rechinar los dientes.
PLACER   ¿Pues qué?
JUVENTUD   Unas pollas recientes
de entre quince y dieciséis.
Mozas digo como un oro.
OLVIDO   Buen gusto tiene el loquillo.
JUVENTUD   Vengo a ser un gomecillo
y a disipar su tesoro.
OLVIDO   Bien es tus brazos me des.
JUVENTUD   Tuyo soy.
                    (Abrázanse.)
OLVIDO   ¡Bulla moneda!
PLACER   Pon tus pies sobre mi rueda...
INSPIRACIÓN(Aparte.) Que tú caerás a sus pies.

PLACER   Haya música, haya baile,
     mientras la Lascivia viene.
OLVIDO   (A LA JUVENTUD.) Que ésta en su servicio tiene
     alguna..., como un peraile.
JUVENTUD   ¿No más de una?
PLACER   Una docena,
     y mil más si quisïeres.
OLVIDO   Tiene jardín de mujeres.
INSPIRACIÓN Mas sin tener yerba buena.
OLVIDO   ¡Quedo! La Lascivia asoma.
JUVENTUD   Sí, que siempre está asomada.
PLACER   Del Deleite acompañada.
OLVIDO   Familiar de su redoma.
PLACER   Sube con riqueza suma,
     hecha de espuma del mar.
INSPIRACIÓN ¡Mira en qué podrán parar
     gustos nacidos de espuma!...

     (LA LASCIVIA cabalgando sobre un monstruo.
Acompañamiento.)

PLACER   Al son de dulces laúdes,
     cítaras, arpas, vigüelas,
     suenan hechiceras voces
     de hermosísimas sirenas.
     Con afeitados matices,
     cubierta de oro y de perlas,
     porque hace bestias los hombres,
     viene encima de una bestia.
     Un cáliz lleva en la mano,
     adonde sus gustos lleva.
INSPIRACIÓN ¡Mas son las heces del cáliz
     arrepentimiento y pena!
PLACER   Amón la lleva del freno;
     la falda el cantor profeta
     con sus dos famosos hijos,
     uno en beldad y otro en ciencia.
     Son doncellas de labor
     de Lot las dos hijas bellas;
     Dina, Bersabé y Thamar,

de honor (sin tenerle) dueñas.
Son alcaldes de su corte,
que acompañan su grandeza,
dos viejos jueces, que un día
intentaron cierta fuerza.
El capitán de la guarda
es Sansón sin su guedeja;
veinticinco mil soldados
de la flaca Gabaa lleva.
Salomón es mayordomo,
Cenobia la camarera,
y tú, Pródigo, tendrás
a tu cargo la despensa.
Es su cazador mayor,
que caza con calderuela,
la beldad que resplandece
y resplandeciendo ciega.
Es Sodoma la cocina,
que siempre da fuego y leña;
lleva la caballeriza...
INSPIRACIÓN   Ella, que lo es de sí mesma.
PLACER   En fin, madama Lascivia
    camina como una reina;
    ¡toquen pífaros y cajas,
    chirimías y trompetas!

(Pasa esta demostración la más conforme que pudiere el romance.
Vase el acompañamiento, y en el tablado dice LA LASCIVIA.)

LASCIVIA   (Aparte con EL OLVIDO.)
        ¿Qué hay, Olvido?
OLVIDO   Un olvidado,
    que lo está tanto por vos,
    que tiene olvidado a Dios
    y de sí viene olvidado.
LASCIVIA   ¿Trae qué gastar?
OLVIDO   Gastará
    la flor de la juventud
    y el fruto de su salud,
    que almendro al cierzo será.

JUVENTUD   (A LA LASCIVIA.) ¡Oh, qué bonica que es, tía!
LASCIVIA   ¿Parézcote bien?
JUVENTUD   ¡Y cómo,
    que es moza de tomo y lomo!
LASCIVIA   Donaire tiene, a fe mía.
    Toma, bésame la mano.
JUVENTUD   (Bésasela.) ¿Enojarse ha si le muerdo?
PRÓDIGO   (A LA LASCIVIA.) El loquillo ha estado cuerdo.
JUVENTUD   ¿Pues no, si esta mano gano?
PRÓDIGO   Envidioso estoy no poco
    de la merced que le hacéis,
    que a un loco cuerdo volvéis
    y a este cuerdo volvéis loco.
LASCIVIA   (Al PRÓDIGO.) ¡Qué! Mano habrá para vos,
    y más si ganáis la mano.
INSPIRACIÓN   ¡Darte mano es echar mano
    porque des de mano a Dios!
                        (Tómasela EL PRÓDIGO y bésasela.)
LASCIVIA   Si os empezáis a soltar,
    enfadaréme a fe mía.
JUVENTUD   Brazos tiene; áteme, tía,
    y seré un loco de atar.
LASCIVIA   Pues que ya te di la mano,
    bebe deste cáliz mío.
PRÓDIGO   Harás que me beba un río
    dese vino soberano.
OLVIDO   Pródigo, dello bebed.
INSPIRACIÓN   No te podrá hartar jamás,
    pues mientras bebiereis más,
    matara menos tu sed.
PRÓDIGO   De su dulzura me espanto.
    ¡Qué alegre gusto que tiene!
OLVIDO   El está como conviene.
JUVENTUD   A lo menos no es del santo.
LASCIVIA   Tu buen gusto me conquista.
PRÓDIGO   ¡Amor, gran gusto me das!
LASCIVIA   Hoy mi privado serás.
OLVIDO   (Aparte.) Mas seráslo de la vista.
INSPIRACIÓN   De la privanza que os dan
    hasta ver su privación

tan pocos los pasos son...
¡Que en dos los anduvo Amán!
JUVENTUD   Tía, venga otro polvillo.
INSPIRACIÓN ¡Todo es polvo y en él para!
JUVENTUD   Una Angélica gozara.
INSPIRACIÓN ¡El gusto es como su anillo!
LASCIVIA   ¿Quieres la belleza extraña
        que vio Troya y que honró Grecia?
        ¿Quiés de Roma la Lucrecia,
        o quiés la Cava de España?
        ¿La Campaspe de Alejandro,
        la Semíramis de Nino,
        la Egipcia que a Roma vino
        o la Ero de Leandro?
        ¿Quiés a Najarte piadosa
        más humana y menos piedra?
        ¿Quieres la lasciva Fedra
        o la Flora licenciosa?
PRÓDIGO   Todas las quiero; y a ti,
        que con todas me acomodas,
        pues en ti las tengo todas
        si eres toda para mí.
LASCIVIA   ¿Qué me darás?
PRÓDIGO   ¿Qué? Mis años
        para servirte y quererte;
        la memoria de la muerte
        y el olvido de mis daños.
PLACER   Al que es vuestras alegrías
        dadle alguna cosa buena.
PRÓDIGO   Placer, toma esta cadena
        de eslabones de mis días.
                    (Dásela.)
OLVIDO   ¿Y al Olvido?
PRÓDIGO   (Dale un anillo.) Estas memorias,
        porque sé que bien me quieres;
        y a ti, que mi cielo eres,
                (A LA LASCIVIA.)
        el alma para sus glorias
        y el cielo diera.
LASCIVIA   ¿Por mí?

INSPIRACIÓN   Si le das, pues dél te alejas;
          que el cielo das, pues le dejas,
          y al que le hizo para ti.
JUVENTUD   ¡Dadme sarao, dadme gusto!
LASCIVIA   Dadle gusto; haya sarao.
PRÓDIGO   Viento en popa va mi nao
          por el ancho mar del Gusto.
PLACER   Haya damas rebozadas
          y rebozados galanes,
          entre desnudos Adanes
          con Evas mal antojadas.

(Entran damas y galanes, y siéntanse unos con otros sobre un estrado, y
EL PRÓDIGO con LA LASCIVIA, y harán una danza de concierto y otra
de burla. Saldrá luego EL PRÓDIGO y LA LASCIVIA, y danzarán lo que
mejor supieren. Bailen estos bailes y hagan lo tocante a un sarao.)

          Entre Bersabé desnuda
          y haga hacer a un rey mudanza
          Dina revuelva la danza
          y déla Jacob su ayuda.
          Rebozada entre Thamar
          y haga del suegro marido;
          Jael sacuda al dormido
          con el mazo de apretar.
          Échese sobre las faldas
          de Dalila su galán;
          no Josef, que se las dan
          y las vuelve las espaldas.
LASCIVIA   Pródigo, venga la mano,
          que contigo bailar quiero.
          ¿Qué quieres?
PRÓDIGO   El Caballero.
PLACER   (Aparte.) Mas volveránte Villano.
          (Bailan y, en acabando, abrázale LA LASCIVIA.)
PRÓDIGO   (Da una joya a LA LASCIVIA.)
          Toma aqueste corazón
          de diamante de mi fe,
          en cuyos rayos se ve
          que él y el dueño tuyos son.

OLVIDO   ¡Hágame la vita-bona,
        el zampapalo y tambico,
        que, pues os han hecho mico,
        quiero bailar como mona!
LASCIVIA   (Al PRÓDIGO.)   ¿De qué es esta capa, amores,
        que es rica, por vida mía?
PLACER   Pues que te cubre, diría
        que es capa de pecadores.
LASCIVIA   El gustillo me alborota.
PRÓDIGO   (Dale la capa.)   Toma; aunque fuera del cielo.
LASCIVIA   (Aparte AL OLVIDO.)   Mi poco a poco le pelo
        hasta dejarle en pelota.
OLVIDO   Si haréis, si en vos le dejáis.
LASCIVIA   ¿Soy pelota?
OLVIDO   Como quiera:
        peloteada y pelotera,
        que peloteros armáis.
PLACER   Quiero que el Pródigo vea
        al Juego.
JUVENTUD   Viene a buscarte.
INSPIRACIÓN   ¡Mira que quiere jugarte,
        y tripularte desea!
PLACER   Con músicas y alegrías
        a recibirle salid,
        pues trae cartas.
                (Vanse las damas y galanes.)
INSPIRACIÓN   De David,
        porque mueras como Urías.
        Del infierno, que en su corte
        es una estafeta el juego,
        que en las cartas trae el fuego,
        y de las cartas el porte.
PRÓDIGO   Con mi hermosa jugare.
LASCIVIA   Será hacer mayor mi triunfo.
OLVIDO   Si el juego fuere del triunfo.
        punto callado seré.
        Tú, Juventud, la espadilla,
        que le des carta de lasto;
        Placer le dé con el basto.
                (A LA LASCIVIA.)

          Y vos seréis la malilla.
PLACER   Mas una cosa se nota,
          que es de aqueste juego ley;
          que siendo el Pródigo el rey
          puede ganarle la sota.
PRÓDIGO   Métase mucha baraja,
          y barajemos el juego.
LASCIVIA   De barato le doy luego,
          o le dejo en la baraja.
PRÓDIGO   Yo quiero jugar con tantos.
JUVENTUD   Con tontos dirás mejor;
          qué tontos hace el amor,
          que ha vuelto tontos a tantos.
              (Acompañamiento, y después EL JUEGO.)
PLACER   ¡Helo, helo, por do viene
          todo cubierto de naipes,
          desde los pies del caballo
          hasta sobre los plumajes!
          Parece una primavera
          de mala mano de Flandes,
          o fuente hecha de azulejos
          de algún derrotado parque.
          Con barajas descortadas
          lacayos lleva delante;
          con otras menos traídas
          le siguen fulleros pajes.
          Lleva hileras de soldados
          que con él dicen y hacen,
          y con sus espadas juegan
          mejor que con las de Joanes.
          Lleva pícaros tras sí,
          que es quien más pícaros hace,
          a quien brinda con sus copas
          para que los embriague.
          Lleva grandes caballeros,
          que alguno hizo casi grande
          con sus oros y más oros;
          que los oros, oro valen.
          Por guarda de su persona
          van con bastones salvajes,

que hace salvajes y bestias
los que siguen su estandarte.
Las sotas lleva consigo,
damas que en su corte ganen;
caballos que el resto tiren,
y no haya quien los alcance;
los ochos y nueves son
los puntos que menos valen,
que son los pobres del juego,
pues no hay quien los descarte.
El juego sienta a sus tablas
los latrocinios, los fraudes,
las mentiras, los perjurios,
iras, afrentas, maldades.
Lleva fulleros, tahúres,
gariteros y truhanes,
aportadores de nuevas
y hidalgotes de a dos reales.
Lleva a cursar en su escuela
jugadores estudiantes,
que en su libro toman puntos,
y son en ellos pasantes.
Lleva mozos de cocina
que juegan en sus zaguanes;
suplicaciones os lleva
y turroneros alarbes.
Pródigo, ya llega el juego.
OLVIDO   Pues toquen los atabales.
JUVENTUD   ¡Si lo fuesen sus espaldas
y yo quien se los tocase!

(Entra EL JUEGO vestido de naipes. Atraviesa el escenario al son de la música, y se va con su acompañamiento.)

PLACER   La bucólica está a punto.
JUVENTUD   Ved que rabio por yantar.
LASCIVIA   Cuanto hay en tierra, aire y mar,
todo te lo daré junto.
PRÓDIGO   Pues haya juego en cenando.
LASCIVIA   Y mientras el juego viene,

bien es que mi amado cene
con quien le está deseando.
JUVENTUD   Voy a hacer una mudanza,
de la cena al mismo son,
con el laúd de un jamón,
que tocará Sancho Panza.
INSPIRACIÓN Vas como la simple res,
siguiendo tu desatino.
OLVIDO   Yo con el trilungüe vino
voy a hacerle dar traspiés.
                    (Vanse todos.)

          Campo de viñedos, sembrados y vergeles.

     (Salen LABRICIO, EL LABRADOR y JUSTINO, hermano del
PRÓDIGO.)

JUSTINO   ¡Antojadizo hermano,
que con tus pocos años te aconsejas,
y a nuestro padre anciano,
mal persuadido, dejas,
y buscando tu mal del bien te alejas;
dejas la rica casa
del padre nuestro, que abundosa toco,
por servir en la escasa
del fácil Gusto loco,
que siempre vino tarde y duró poco!
LABRICIO   ¿Qué te aflige, justino,
pues es tu tierno sentimiento en vano?
JUSTINO,   Siento que en su camino
mi mal logrado hermano
llegará tarde y llorará temprano.
Dejas estos vergeles,
donde la primavera deleitosa,
con sutiles pinceles
y mano artificiosa,
pinta el lirio, el jazmín, clavel y rosa.
Dejas este arroyuelo,
espejo de cristal de luces bellas,
donde el Narciso cielo,

enamorado en ellas,
se alegra en ver su sol, luna y estrellas.
Dejas el abundancia
de la segura, cuanto limpia, mesa,
un pan todo sustancia,
miel dulce, leche gruesa
y vino alegre de quietud traviesa.
Y dejas el sonoro
acento de las aves religiosas,
que cantan en su coro
a Dios laudes gloriosas,
siendo órganos las aguas sonorosas.
Dejas esta rudeza,
mejor que la afectada cortesía
sin arte la belleza,
con verdad la alegría,
sin sisa el gusto y sin pensión el día.
Dejas aquesta tierra,
cuyas entrañas son copiosas trojes
adonde el trigo encierra
que en abundancia coges,
para que a tu codicia desenojes.
Dejas aquesta viña,
de cuyos ramos fértiles cogimos,
en la puericia niña,
los preñados racimos,
adonde en tazas de oro miel bebimos.
¡Y con ingrato modo
dejas un padre que de ti se queja,
en quien lo dejas todo;
que el que de Dios se aleja,
lo deja todo, pues a su Dios deja!

LABRICIO   En vano no corrijas
a un ausente, mas vuelve a tu labranza,
Justino, y no te aflijas;
que su mala andanza
le podrán reducir Fe y Esperanza.

JUSTINO   Volvamos, pero siento
sus placeres, Labricio, y mis disgustos.

LABRICIO   Antes te dé contento;

que a los malos sus gustos
no duran, ni las penas a los justos.
(Vanse.)

Vista exterior de la casa del PLACER.

(Salen LA LASCIVIA y EL PLACER, EL OLVIDO Y EL JUEGO.)

LASCIVIA   ¿Qué le has ganado?
JUEGO   La hacienda,
     y al pobre he dejado en pelo.
LASCIVIA   (Al OLVIDO.)   ¿Tú?
OLVIDO   Las memorias del cielo,
     que es harto más rica prenda.
LASCIVIA   Gula le puso una venda,
     con que cegó la razón,
     mientras que su perdición
     le di en mi vaso a beber;
     porque el vino y la mujer
     le hurtas en el corazón.
     Tú, Gusto, ¿qué le has ganado
     con tus breves alegrías?
PLACER   La frescura de sus días,
     pues se los he marchitado.
     No llego, cuando he pasado;
     que soy centella, humo, viento,
     y entre mis gustos sedientos,
     como Tántalo quedó.
     Dile a beber y bebió
     amargo arrepentimiento.
JUEGO   Jugando tres el mohíno,
     habrá revesa famosa.
OLVIDO   ¿Qué hace el Pródigo?
LASCIVIA   Reposa,
     embriagado con mi vino.
OLVIDO   ¿Quién vio mayor desatino
     que dormir un pecador?
PLACER   Otro suceso hay mejor.
LASCIVIA   ¿Y qué es el mejor suceso?
PLACER   Que amor le tiene sin seso.

OLVIDO   No hubo seso con amor.
PLACER   Digo que está de sí ajeno,
        y que anda fuera de sí.
LASCIVIA   Hale transformado en mí
        el gusto de mi veneno.
OLVIDO   Pues dénos un rato bueno
        por los que le dimos malos.
LASCIVIA   Jugando tres el mohíno,
        cuestan mucho y duran poco,
        al más cuerdo vuelven loco.
OLVIDO   Pues volverle cuerdo a palos.
    (Sale EL PRÓDIGO muy roto y desnudo, haciendo del grave, medio
loco; y LA INSPIRACIÓN.)
PLACER   (Al OLVIDO.) Él viene; su daño entabla.
PRÓDIGO   ¡Borracho! Gracia has tenido.
        ¿Cómo no me quieres ver?
OLVIDO   Sor pícaro, ¿con quién habla?
PRÓDIGO   ¡Borracho! Gracia has tenido.
        Dime alguna que me alegre.
INSPIRACIÓN   Harto lo está el que está alegre,
        habiendo a Dios ofendido.
PLACER   ¡Si asgo una estaca!...
PRÓDIGO   La risa
        me has retozado, bufón.
        ¡Hola! Darásle un jubón,
        debajo de la camisa.
        Di al juego que me entretenga.
PLACER   (Al JUEGO.) Dad gusto a este casquivano.
PRÓDIGO   Juego, mantenedme mano.
JUEGO   No hallarás quien te mantenga.
PRÓDIGO   De mi Juventud no sé,
        al faltarme su virtud.
INSPIRACIÓN   ¡Pródigo, tu juventud
        como se vino se fue!
PRÓDIGO   ¿Pues no hay memoria de mí,
        Olvido, pues te he querido?
PLACER   ¿Memoria pides a Olvido,
        cuando te olvidas de ti?
PRÓDIGO   (A LASCIVIA.) Mi bien, llega a regalarme,
        pues ves que todo soy tuyo.

LASCIVIA   Bergante, sepa que huyo
            de quien no tiene que darme.
PRÓDIGO   ¿No te harta lo que te he dado?
LASCIVIA   Necio, pensarme de hartar
            es querer hartar la mar,
            que diz que nunca se ha hartado
PRÓDIGO   Dame barato.
LASCIVIA   ¿De qué?
PRÓDIGO   De lo que te di en amarte.
LASCIVIA   ¡No sé, barato qué darte,
            si ya no es que a ti te dé.
            ¡Pase el pelado pelón,
            que cual bestia le he dejado!
                    (Tíranle salvado y danle.)
JUEGO   ¡Suelta el perro!
OLVIDO   ¡Haya salvado!
PLACER   ¡Haya manta y pescozón!
            Yo le quiero amantear;
            venga la manta.
PRÓDIGO   Placer...
PLACER   Harto te di, y mi placer
            en esto viene a parar.
INSPIRACIÓN ¡El cielo te dé su luz!
PLACER   ¡Haya grita! ¡Haya matraca!
INSPIRACIÓN A la vergüenza te saca.
JUEGO   ¡Démosle peluz! ¡Peluz!
                    (Pélanle, dándole todos. Cantan.)
LOS CUATRO ¡Pase, pase el pelado
            que no lleva blanca ni cornado!
PLACER   Pique la venta. ¿Qué espera?
LASCIVIA   Bien es, pues le desnudamos,
            que de palos le cubramos;
            pues que no hay hojas de higuera,
            vaya a la infernal galera
            a ser eterno forzado.
                        (Cantan.)
            ¡Pase, pase el pelado!
                        (Danle y vanse.)
INSPIRACIÓN ¿Qué has de hacer?
PRÓDIGO   Desesperar

en tamaño desconsuelo,
INSPIRACIÓN Eso es estorbar al cielo
    que te pueda remediar.
PRÓDIGO   Aquéjeme la hambre fiera
    que en toda esta región dura.
INSPIRACIÓN Quien deja de Dios la hartura
    es justo que de hambre muera.
    Vuélvete a tu padre.
PRÓDIGO   Estoy
    tan otro del que me vi,
    que no parezco a quien fui,
    ni conocerá quien soy.
INSPIRACIÓN Sí hará; tu esperanza cobre
    aliento; llama a su puerta,
    que amor te la tendrá abierta
    aunque estés más roto y pobre.
PRÓDIGO   ¿Qué bien habrá que me cuadre
    en el mal en que me aflijo?
INSPIRACIÓN Ver que las llagas de un hijo
    las tiene en el alma un padre.
    Llévete a su puerta yo,
    que yo sé que estará abierta;
    que mal cerrará la puerta
    quien por ti al pecho la abrió.
    De tus culpas te avergüenza.
    Ven conmigo y di: ¡Pequé!
    Que yo te apadrinaré.
PRÓDIGO   No me deja la vergüenza.
    Mas, pues crece en esta tierra
    la hambre mal persuadida,
    y por dar muerte a mi vida
    toda en mi pecho se encierra,
    de servir a alguno entablo,
    pues no me han de conocer.
INSPIRACIÓN ¿Servir quieres?
PRÓDIGO   Por comer,
    digo que serviré al diablo.
            (Vase EL PRÓDIGO.)
LASCIVIA   El que en las culpas tropieza
    y cae, pida a Dios su lumbre;

que en las culpas la costumbre
se vuelve en naturaleza.
Tras ésta se sigue luego
el desprecio del perdón;
tras ésta la obstinación,
la desesperación luego;
y tras aquésta, una soga
con que ahorcado el triste muera,
y últimamente una hoguera
que entre fuego y humo ahoga.

(Vuelve EL PRÓDIGO, loco.)

¿Vuélveste?
PRÓDIGO   Sí, a preguntar
si acaso sabéis de mí,
que dicen que me perdí
y no me he podido hallar.
Vos, ¿no me acabáis de ver
ahora?
INSPIRACIÓN (Aparte.)   El seso ha perdido.
PRÓDIGO   Preguntad si he parecido,
que soy mucho menester.
INSPIRACIÓN   ¡Mísero de ti!
PRÓDIGO   (Llama a sí mismo.)   ¡Ah de casa!
¿Estoy en casa o adónde?...
Pues que nadie me responde,
no debo de estar en casa.
Pues si de casa me fui,
¿viviré yo en mí? Mas no
si vivo yo, y ya no yo.
¿Cómo vivo yo sin mí?
¿Si estoy muerto?... Podrá ser.
Alma tengo, aquesto es cierto;
pues estar con alma y muerto
¡no puede ser, señor bachiller!
Mas ya no está que la palma;
ya he dado en la cuenta.
INSPIRACIÓN   ¿Pues?
PRÓDIGO   La gracia, ¿vida no es

del alma? Pues murió el alma.
Como del alma se huyó
la gracia, que era alma bella,
dejó el alma, y entró en ella
la culpa, que la mató.
Muerto estoy; ¡oh, qué mal huelo!
No olió Lázaro peor.
Por no oler tan mal olor,
las narices tapa el cielo.
INSPIRACIÓN ¡Este es de la culpa el fruto!
PRÓDIGO   ¡Cielo! ¿No me diréis vos
si somos deudos los dos,
que en mi muerte os ponéis luto?
Todo os habéis enlutado;
su luz blanca el sol me niega,
la luna en sangre se anega,
los astros se han eclipsado.
La ira de Dios airada
vibra un rayo, y si me acierta...
¿Para qué pone a su puerta
un ángel con una espada?
¿Espada es justo que esgrima
contra un hombrecillo bajo?
¡Hola! ¡Apártate de abajo,
no te eche un diluvio encima!
La tierra quiere tragarme,
como a Abirón.
INSPIRACIÓN   ¡Ay de ti!
PRÓDIGO   Y Fineés, como a Zambri,
quiere airado alancearme.
¡Guerra, guerra! ¡Al arma, al arma!
INSPIRACIÓN Su auxilio el cielo te dé.
PRÓDIGO   Contra mí, porque pequé,
el orbe todo se arma.
Si al cielo quiero volar,
allí Dios premia y castiga;
si al mar, allí a Jonás liga,
y anega a un rey en el mar.
Si en la tierra me escondiere,
los muertos saca de allá;

si en el infierno, allí está,
que hasta allá su espada hiere.
Si por el aire sutil
huyere de sus prisiones,
allí de los cabezones
me sacará su alguacil,
INSPIRACIÓN Si quieres que no te saque,
éntrate en la iglesia y di:
¡Iglesia! Y fía de mí,
que ella su rigor aplaque.
PRÓDIGO   Ya Jeremías me ronda
con sus cadenas; también
Ezequiel con la sartén
me da vuelta a la redonda.
Ya David la honda apercibe
contra aqueste filisteo;
la mano en la pared veo,
que la sentencia me escribe.
Mas Amán me ofrece lazo,
Judas desesperación,
encima el mozo Absalón
y Joab traidor abrazo.
INSPIRACIÓN Tu melancolía es profunda;
no desesperes, y advierte
que, tras la primera muerte,
ha de venir la segunda.
PRÓDIGO   Encina el mozo Absalón
¿Una en que el alma murió,
está donde muera yo,
y otra eterna?
INSPIRACIÓN   Mira allí,
que desta nadie se escapa.
        El carro de la Muerte, y luego el del Infierno.

(Un carro del triunfo de la Muerte, o en el tablado se abra una sepultura
y salga una Muerte.)

PRÓDIGO   Triste visión, ¿qué me quieres?
INSPIRACIÓN Esta es tu muerte; esto eres,
esto es el rey, esto el papa.

Resuelve en la sepultura
salud, donaire, nobleza,
gala, gracia, gentileza,
fuerzas, aviso hermosura.
PRÓDIGO   ¡Oh qué amarillez, qué horror!
¡Oh qué hediondez, qué fealdad!
INSPIRACIÓN   Pues la de la eternidad
viene a ser mucho peor.
Vuelve allí, que allí se ve
del alma la muerte viva,
adonde muriendo viva,
y viva muriendo esté.
Es brete de encarcelados,
donde no entró redención;
de ingratos justa prisión,
la galera de forzados.

    Carro del Infierno, de los que suelen hacerse, con mucho fuego y
pólvora.

PRÓDIGO   Hagas justicia aquí, hermano.
INSPIRACIÓN   Yo te le daré clemencia,
como hagas penitencia.
PRÓDIGO   ¡A la mosca, que es verano!
                    (Vanse.)

    (Sale EL CHAPARRO, porquerizo grosero.)

CHAPARRO (Mirando adentro.)   ¡Mal cantazo que os aturda!
¡Que en oyendo el cuerno bronco,
que paruece a mí, si ronco,
luego dejáis la zahúrda!
Mera cómo tasca y trota
el ganado ringurrín;
siempre vi al puerco más ruin
comer la mejor bellota.
¿Refunfuñáis? ¡Voto a ños,
que alguno su mal desea!
¡Quien me hizo porquero sea
puerco delante de Dios!

En el lodazar se enloda
el otro... ¡Entra más adentro!
En el lodo está en su centro,
y para honrar una boda.
¡Come y calla, doos al diablo,
que siempre heis de estar groñendo!
¿Aun no callaréis comiendo?
Pues yo si como no habro.
Mira cómo al otro muerde.
¡Pasa allí, rabi-cortado!
¡Coche, acá! Vertió el salvado;
con él la algarroba verde.
¡Pese al puto de mi amo
y al bellaco que me escucha!
¡Que esté una persona ducha
a escochar este reclamo!
Pues en esta hambre importuna,
que tien las gentes chupadas.
no me ha dado dos nelgadas.
¿Qué es dos? ¡Voto al sol!... Ni aun una.
Mi amo debe pensar
que son mis tripas de alambre,
pues, ¡voto a san, que tien hambre!,
que pueden de hambre matar.
Él no es oficio de pro
para un hombre bien nacido.
¡Pardiez! Desta me despido,
y que a mejorar me vo.

(Sale el amo, que es EL DEMONIO, de labrador.)

DEMONIO   ¿Qué hay, Chaparro?
CHAPARRO   ¡Ya lo ve,
     amo! El hambre como el puño.
DEMONIO   ¿Siempre has de gruñir?
CHAPARRO   Si gruño,
     háceme siempre por qué.
     Yo so craro. ¿So su escravo?
DEMONIO   Libre eres. ¿Pues qué hay de nuevo?
CHAPARRO   Págueme lo que le debo,

          que me quiero ir a otro cabo.
DEMONIO   ¿Así me niegas?
CHAPARRO   ¡Mera!
          Y an yo os voto a non de Dios
          que es bien renegar de vos,
          porque el alma me lo da.
DEMONIO   Pues ¿por qué?
CHAPARRO   Porque es un diabro,
          y no le puedo sofrir,
          y hace a los hombres servir
          como a bestias del estabro.
          Al que más servidor le ha
          le somormuja en un brete;
          ni cumpre lo que promete
          ni harta con lo que da.
          Y acortemos de razones,
          porque yo so corto en todo,
          si no es en cieno y lodo
          que me pegan sus lechones.
DEMONIO   ¡Chaparro!
CHAPARRO   Yo no he de ser
          de los que el diabro empeñó,
          y dicen que no quitó;
          a Dios me quiero volver.
DEMONIO   ¿Paréceos, villano, a vos
          que, por mi paga no escasa,
          no habrá mil que por mi casa
          dejen la casa de Dios?
          Pues con sólo hacer dos cercos
          y interpretar mal dos leyes
          tendré porquerizos reyes,
          y aun reyes tendré por puercos.
          Andad muy en hora mala.
CHAPARRO   Esa ha sido, para vos,
          desde que un mozo de Dios
          os arrojó de la sala.

          (Vienen EL PRÓDIGO y LA INSPIRACIÓN.)

PRÓDIGO   Pienso que a tiempo he venido.

DEMONIO   ¿Faltaráme a mi criado?
CHAPARRO   ¡El oficio es muy honrado
            para ser muy pretendido!
PRÓDIGO   (Al DEMONIO.) Quisiera entrar a servir,
            si en vuestra casa hay lugar.
CHAPARRO   Entrar, bien podéis entrar;
            no sé si podréis salir.
            Las armas trais destrozadas;
            ¿venís de la guerra?
PRÓDIGO   Sí.
CHAPARRO   En toda mi vida vi
            calzas más bien acabadas.
            Vos debiste ir por lana,
            mas volvistes trasquilado.
PRÓDIGO   En lugar deste criado
            entrara de buena gana.
CHAPARRO   ¿Sois del diluvio figura,
            que os quedástedes fiambre,
            o retrato de la hambre,
            que es mal que aquí no se cura?
PRÓDIGO   ¿Habrá un pedazo de pan?
CHAPARRO   Sí; mas es pan de mentira.
PRÓDIGO   ¿Y vino?
CHAPARRO   Con heces de ira,
            de la que trasegó Adán.
PRÓDIGO   ¿Darme han agua?
CHAPARRO   Del olvido.
PRÓDIGO   ¿Carne?
CHAPARRO   Que comáis en viernes.
PRÓDIGO   ¿Y cama?
CHAPARRO   La de Holofernes.
PRÓDIGO   ¿Y gustos?
CHAPARRO   Los de un dormido.
DEMONIO   Entrad donde os vestirán.
CHAPARRO   Sí, con la piel de un lechón.
DEMONIO   ¡Porquerizo rezongón,
            ¡dos donde os hartarán!
CHAPARRO   Iránse con Dios al menos;
            no con vos, patas de gallo.
DEMONIO   ¡Necio!

CHAPARRO   Los cuernos, no callo,
    que son dos no más, más buenos.
DEMONIO   (Al PRÓDIGO.)   ¿Queréis servirme?
CHAPARRO   Está a
    diente.
DEMONIO   Esos puercos guardaréis.
CHAPARRO   Honrados puercos tendréis,
    no quitando a lo presente;
    y hay alguno como vos.
DEMONIO   El cuerno le da, importuno.
CHAPARRO   (Dásela al PRÓDIGO.)   Con éste me desayuno,
    pero nuesamo con dos.
    Toma la gaita por cuna
    que os da el señor Ciegayernos,
    que tiene armería de cuernos,
    y dos como de la luna.
PRÓDIGO   ¿Quién sois?
CHAPARRO   Un desengañado,
    que, aunque encenagado y roto,
    voy a cumplir cierto voto
    al cielo, que me ha alumbrado
DEMONIO   (Al PRÓDIGO.)   ¿Quiés un bastón militar?
    Entregaréte el bastón.
CHAPARRO   O vara de porquerón,
    para poder vatear.
DEMONIO   ¿Quieres una señoría?
CHAPARRO   Con, ¡coche allá! y ¡coche acá!,
    porquería te dará,
    porque todo es porquería.
DEMONIO   Si tu gusto deseare
    ser rey, reyes entronizo.
CHAPARRO   Seréis rey o porquerizo
    de los puercos del lugar.
    Tomá el zurrón norabuena,
                (Dásele.)
    aunque ninguna tendréis;
    mas quizá aquí asesaréis,
    que cuerdos hace la pena.
DEMONIO   Dásele y vete, villano.
CHAPARRO   Más villano es su mercé,

              pues dándole Dios el pie,
              quiso él tomarse la mano.
DEMONIO   ¿Cómo el abismo no abro,
              y hago sorberte al abismo?
CHAPARRO   ¡Hola! Quedaos con vos mismo,
              que es quedaros con el diablo.
                         (Vase.)
DEMONIO   Venidvos; daréis por cuenta
              la algarroba y la bellota.
PRÓDIGO   (A LA INSPIRACIÓN.) Mi miseria va de rota,
              pues los bocados me cuentan,
              Mal aquí sacaré el vientre,
              como dicen, de mal año.
INSPIRACIÓN   Podrá ser que el desengaño
              en tal miseria te encuentre.

            (Vanse EL DEMONIO y EL PRÓDIGO.)

              Vuelve, ovejuela perdida,
              al hombro del buen pastor,
              al aprisco de sus brazos,
              a las redes de su amor.
              Vuelve a la miera del pecho,
              vuelve a la sal de su voz,
              al cayado de su cruz,
              al agua de su pasión.
              Vuelve al pasto de su cuerpo,
              que en aquel blanco zurrón
              es de los ángeles pasto
              y ellos los ganados son.
              Vuelve a aquel pan y a aquel pasto
              que pronosticó Jacob,
              todo de rocío del cielo,
              todo de harina de flor;
              al pan que cantó Isaías,
              al que a Elías confortó,
              que ofreció Melquisidez
              y celebró Salomón;
              al pan a quien hizo fiestas
              el esposo de Micol,

que en el arca de la Iglesia
hizo fiestas a Dagón;
al que espigó, con su dicha,
Ruth, la hujer de Booz;
vio en el lago Daniel
y hizo fuerte a Gedeón.
Vuelve a aquel pan saludado,
que a mil enfermos sanó,
que es hartura de los cielos,
aunque nunca los hartó.
Mira que perdido vas,
siguiendo ajeno señor,
que por pan te dará piedras,
por vino hiel de dragón.
Mira que estás más llagado
que estuvo leproso Job,
y que tienes más heridas
que el hombre de Jericó;
más que Lázaro mendigo,
pues ese rico Epulón
te negará las migajas,
pero los lebreles no.
Advierte que a la raíz
del árbol está la hoz,
y cortado serás leña
de la chimenea de Dios.
Sal de la noche de Egipto
a la rubia luz del sol,
y de entre bestias cerdosas
al Cordero, que es pastor.
Deja aquese ciudadano
que a Jerusalén dejó,
en la sombra de la muerte
a Babel edificó.
Vuelve a los paternos brazos
y conoce, pecador,
que no hay culpa sin castigo
ni lágrimas sin perdón.

(EL PRÓDIGO sale con una artesa, y unos lechones tras él acosándole.)

PRÓDIGO   ¿Conjuraisos unos y otros
                   para venirme a morder?
                   Dejar a un triste comer,
                   como a uno de vosotros.
                   ¡Coche aquí! ¿Mordéis la mano
                   porque la bellota tomo?
                   Si su comida les como,
                   que me han de morder es llano.
                   Pues su comida ha de ser
                   la mía, nadie se enoje.
INSPIRACIÓN Sucio salvado recoge,
                   que aun no le dejan comer.
PRÓDIGO   ¿Aun no me dejáis hartar
                   de algarroba y de salvado?
INSPIRACIÓN Quien no quiere ser salvado,
                   salvado le ha de faltar.
PRÓDIGO   ¡Hagan bien, por caridad,
                   señores puercos, a un pobre,
                   para que reparo cobre
                   su extrema necesidad!
                   De limosna se lo pido.
                   ¿Decís que Dios me provea?
                   Gruñidor plegue a él que sea,
                   aunque lo he desmerecido.
                   En cas de mi padre amado,
                   ¡cuántos gañanes están
                   a quien les abunda el pan,
                   y a mí me falta el salvado!
                   Considero en mi tormento
                   a mí ausente, a ellos queridos;
                   a mí roto, a ellos vestidos;
                   a ellos hartos, a mí hambriento.
                            (Entrase el ganado.)
                   Pues ya mi sutil estambre
                   corta la hambrienta Flaqueza.
INSPIRACIÓN La rebelde fortaleza
                   quiere tomar Dios por hambre.

PRÓDIGO   Animales sucios guardo,
        que representan quien soy;
        y tan asqueroso estoy,
        que en mis ascos me acobardo.
INSPIRACIÓN   No temas; aliento cobra,
        que Dios suplirá tu falta;
        mira que aquí todo falta,
        mira que allí todo sobra.
        Levanta, rompe los lazos
        de aquesta obstinación fiera;
        que es tu padre el que te espera
        con tiernísimos abrazos.
PRÓDIGO   ¿Cómo podré alzar los ojos
        a los de mi padre, airados?
INSPIRACIÓN   De lágrimas arrasados,
        le arrasarás los enojos.
PRÓDIGO   Tengo temor.
INSPIRACIÓN   No desmayes.
PRÓDIGO   ¡Ay de mí, que os ofendí!
        ¡Pequé, señor! ¡Ay de mí!
INSPIRACIÓN   Su pecho ablandan tus ayes.
        Con tus lágrimas sobornas
        la justicia en tus pecados,
        porque son ruegos callados
        con que de cera le tornas.
PRÓDIGO   ¿Quién será mi intercesor?
INSPIRACIÓN   La misericordia suya,
        que le ató, porque no huya
        los ascos del pecador.
PRÓDIGO   ¿Quién es?
INSPIRACIÓN   Paz de la discordia,
        que contra el hombre desnudo
        hizo al mismo Dios escudo,
        y le hizo Misericordia.

   El carro triunfal de la Misericordia, que empieza a salir en la forma que
se dirá más adelante.

INSPIRACIÓN   Mírala, a una cruz atada,
        el pecho y brazos abriendo,

sus entrañas descubriendo,
cual pechiabierta granada.
Posa en casa de tu madre
la Iglesia, que allí te espera,
y es quien sola hará de cera
las entrañas de tu padre.
Trae el vestido nupcial
que de su casa sacaste
cuando, errando, le rasgaste
entre las zarzas del mal.
Mira el anillo precioso
donde el que es piedra se engasta,
anillo de su fe casta,
que te dará, como Esposo.
Mira las sandalias bellas
hechas de ejemplos de santos,
para que, imitando a tantos,
subas a pisar estrellas.
Mira de leche el becerro
en su pecho alimentado,
en su sangre salpicado,
aunque sin mancha y sin yerro.
Dejóse sacrificar
en fuego de su afición,
y después, como un león,
le vimos resucitar.
Con el perdón te convida;
allega por él, y advierte
que fue tu perdón su muerte,
y su muerte fue tu vida.
Para comer te le tiene
tu padre tras tu destierro;
llega a comer del becerro
que a todo el cielo mantiene.

Viene un carro de la Misericordia; un niño, con una túnica morada, atada a una   cruz, y en lo alto cuatro ángeles: uno con el anillo, otro con una ropa blanca,   otro con unas sandalias y otro con un becerro del collar, y el carro enramado   pasará antes o después de dichas las coplas con música.

MÚSICOS   (Cantan.) Ven, pecador,
            al pelícano de amor,
                        que en sus heridas
            ofrece cielos y vidas.
            Si temes en tu malicia
            que trae vara de justicia,
                        hoy te declara
            cómo arrimen ya la vara,
                        en tu discordia
            es todo misericordia.
PRÓDIGO   Levantaréme y iré
            a mi padre.
INSPIRACIÓN   Aqueso sí.
PRÓDIGO   Mi padre es, si le ofendí;
            su hijo soy, si pequé.
            Diré: Padre, tan mal hijo
            no es digno que hijo le nombres;
            hacedme uno de los hombres
            que sirven en tu cortijo.
            Repararás mi salud
            y dejaré en tu piedad
            esta servil libertad
            por tu libre esclavitud.
INSPIRACIÓN   Vuelve al pasado sosiego,
            vuelve al paterno regalo;
            ase de la cruz al palo.
PRÓDIGO   Será en mí palo de ciego;
            si en las torpes ocasiones
            de los vicios tropecé,
            como ciego aprenderé...
INSPIRACIÓN   ¿A qué?
PRÓDIGO   A rezar oraciones;
            y si en ellas salgo diestro,
            mi padre podré aplacar.
INSPIRACIÓN   ¿Qué oración piensas rezar?
PRÓDIGO   La oración del Padre nuestro.

(Entrase, y con él LA INSPIRACIÓN.)   Aposento de la casa del Padre
DEL PRÓDIGO. (Sale EL PADRE, con dos ángeles a los lados.)

PADRE   Hijo, muy grande falta
me hace tu desvío:
no sé qué en ti me falta,
que, con ser todo mío,
me haces falta de modo,
que en ti parece que me falta todo.
Rompí por este cielo
(no dejando a mi Padre);
tomé el rosado velo
de mi virginal Madre,
y fue mi amor de suerte,
que di la vida a quien me dio la muerte.
Quedé en la nube espesa
del Pan sacramentado;
dite el mejor bocado
de amor, que amor le hizo,
por hechizarte con tal dulce hechizo;
después que como amante
a mi mesa te asiento,
me hace representante
a Amor y represento
ya un amante celoso,
que de una ingrata quiere ser esposo;
ya me introduce dama,
que la casa trastorna
por la perdida dracma,
que, hallada, en sí la torna;
ya, por la margarita,
un mercader que hallarla solicita;
ya un pastor represento,
con que al teatro asombro,
viéndome entrar sangriento
con la ovejuela al hombro;
y hoy, de un hijo perdido,
un padre represento enternecido.
Deja los gozos vanos,
hijo: vuelve y veráste
escrito en estas manos

con sangre que sacaste;
de su rigor no huyas,
pues, tras que estas heridas son muy tuyas.
De mi casa te fuiste,
y yo salgo a buscarte;
eres quien me ofendiste,
yo quiero perdonarte;
vuelve, no estés más ciego;
tu Padre soy, y con el perdón ruego.
Si te has acobardado
porque tus culpas veo,
¿quién hubo a quien lo amado
le pareciese feo?
Vuelve, y vuelve lloroso,
que en mis ojos serás el más hermoso.
Vuelve al pastor, oveja;
al dueño vuelve, dracma;
Pródigo, al que se queja,
y perla, al que te llama;
que amor te solicita,
Pródigo, oveja, dracma y margarita.
¡Ay, mi Josef vendido,
de volverte resuelve!
¡Vuelve, Tobías querido;
vuelve en ti, y a mí vuelve!
¿No es él el que viene? ¡Oh brazos!
¡Sed alas para darle mil abrazos!

(Vuelve EL PRÓDIGO, Y EL PADRE corre a abrazarle; él está de
rodillas. LA INSPIRACIÓN también sale.)

PADRE   Vuelvas en buenas horas
        a aqueste Padre tuyo...
INSPIRACIÓN(Al PRÓDIGO.) Que es tuyo, si así lloras,
        ya que ese dolor suyo.
PADRE   Aquestos ojos mira,
        que son clemencia; si los temes, ira.
        Darte quiero mil besos
        y mil tiernos abrazos;
        que amor todo es excesos,

                    dulzura, gozos, lazos;
                  llora, que me enamoras,
          que son flechas las lágrimas que lloras.
PRÓDIGO   Pequé, Padre divino,
                  contra vos, contra el cielo,
                  y sé que no soy dino
                  de que me nombre el suelo
                  hijo de tan buen Padre,
          que es Hombre y Dios y que es virgen su Madre.
                  ¿De mí, sin vos, qué fuera?
                  ¿Quién, sino vos, me amara?
                  ¿Quién, sino yo, me huyera?
                  ¿Quién, sino vos, me hallara?
                  ¿Y quién, Padre querido,
          a vos sin vos me hubiera reducido?
PADRE   El vestido bordado
                  le traed y el anillo,
                  el precioso calzado
                  y el virginal novillo;
                  que hallé la margarita,
          y hoy el que estaba muerto resucita.
              (Sacan los ángeles ropa, zapatos y anillo.)
                  Suene el salterio alegre,
                  suene la sinfonía;
                  mi familia sea alegre,
                  y brotando alegría,
                  pues mis gustos profesa,
          versos le cante; sírvale a mi mesa.

     (Criados, MÚSICOS, Zapateadores. Luego, JUSTINO. -Ponen la mesa, y
siéntanse EL PADRE y EL PRÓDIGO. Cantan los músicos.)

MÚSICOS   ¡Ya pareció el perdido!
      ¡Ya pareció! ¡Que ya ha parecido!
      ¡El mozo que, como mozo
      fue a buscar el falso gozo,
      y halló su gozo en el pozo,
      donde estuvo sumergido!
      ¡Ya pareció! ¡Que ya ha parecido!
          (Suenan zapateadores. Cuatro o seis niños.)

PADRE   ¿Qué es esto?
INSPIRACIÓN   Zapateadores
        que con una alegre danza
        quieren hacer la mudanza
        que hace el hombre a tus amores.
PADRE   Celebren mi regocijo
        con alborozo y placer;
        que hoy mercedes he de hacer
        en hallazgo de mi hijo.

        (Zapatean. Entra JUSTINO, el hermano mayor.)

JUSTINO   Padre y señor, ¿esto pasa?
        ¿Posible es que a un hijo ingrato
        Pones mesa y haces plato
        con abundancia no escasa,
        y que a mí, que siempre fui,
        Padre, obediente a tu gusto
        (pienso que cumpliendo al justo
        lo que ordenaste de mí),
        no me distes ni un cabrito
        para que me lo comiese
        con mis amigos? ¿Y a aquese,
        que ya le lloré precito,
        con ver cómo ha desipado
        tu sustancia en tanto yerro
        matas el mejor becerro
        y das el mejor bocado?
        ¿Hay salterio y sinfonía,
        baile, juego y regocijo?...

PADRE   Siempre conmigo estás, hijo,
        y tuya es la hacienda mía.
        Celos tienes, esto es cierto;
        no culpes mi amor crecido;
        que hallé al que estaba perdido
        y resucitado al muerto.
        Serénense tus enojos,
        dale amorosos abrazos;

que para todos soy brazos
y para todos soy ojos.

JUSTINO   Cúmplase tu voluntad,
como en el cielo, en la tierra.

PRÓDIGO   Hermano, ya tomé tierra
desde de la tempestad.

JUSTINO   Aquesa humildad me vence.

PRÓDIGO   Tengo lo que deseaba;
la parábola aquí acaba,
y aquí el perdón se comience.

(Cantan y bailan.)